Dawaca Iyo Xidinxiitada

Waa sheeko macne xambaarsan

The Fox and the Crane

An Aesop's Fable

retold by Dawn Casey

illustrated by Jago

Somali translation by Adam Jama

30131 04296760 1

LONDON BOROUGH OF BARNET

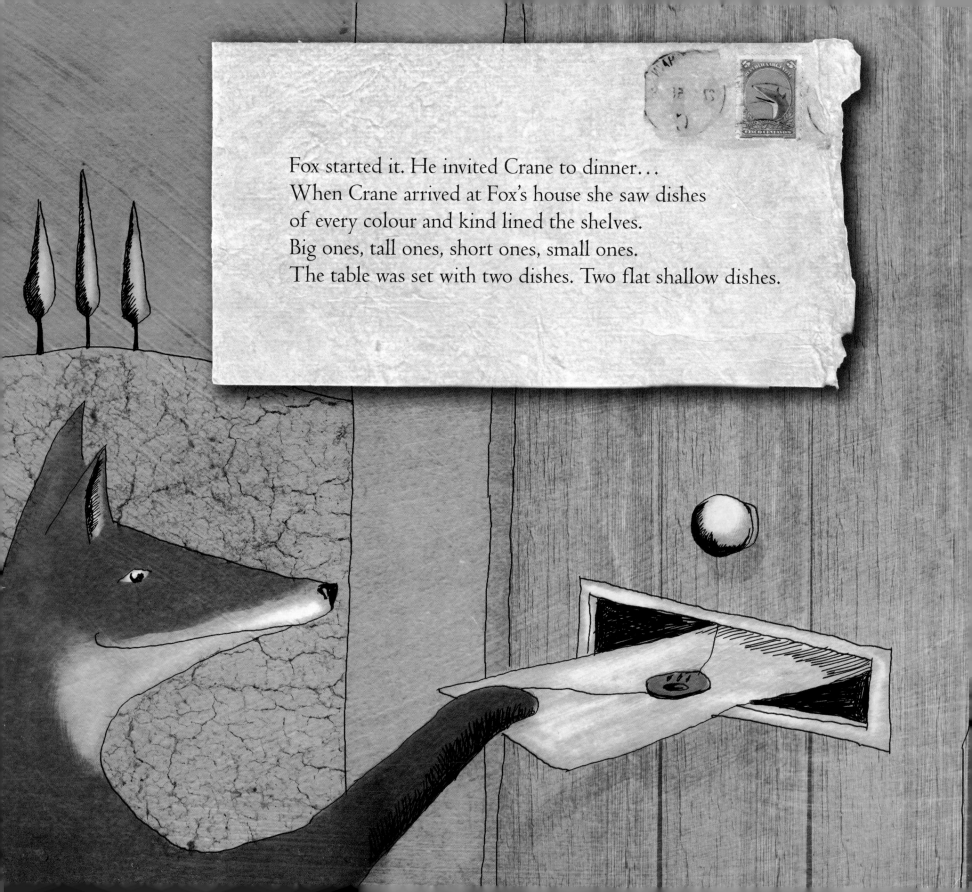

Fox started it. He invited Crane to dinner...
When Crane arrived at Fox's house she saw dishes
of every colour and kind lined the shelves.
Big ones, tall ones, short ones, small ones.
The table was set with two dishes. Two flat shallow dishes.

Dawacii ayaa bilaabay. Xidinxiitadii ayuu soo casuumay...
Markii Xidinxiitadii soo gaadhay gurigii Dawaca ayay waxay
aragtay suxuun midab kasta iyo sees kasta leh oo gidaarka ku
taxan. Qaar waawayn, qaar dhaadheer, qaar gaagaaban iyo qaar yaryar.
Miiskana waxaa ku diyaarsanaa laba sixni. Laba sixni oo ballaadhan
oo yar godan.

Xidinxiitadii ayaa sixnigii afka dheer ee dhuuban la dhacday. Si kasta oo ay isugu daydaynay xitaa mar qudhana maraqii may kabban.

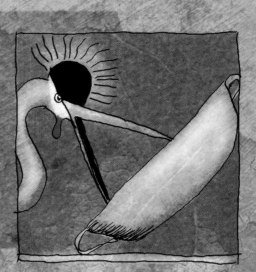

Crane pecked and she picked with her long thin beak. But no matter how hard she tried she could not get even a sip of the soup.

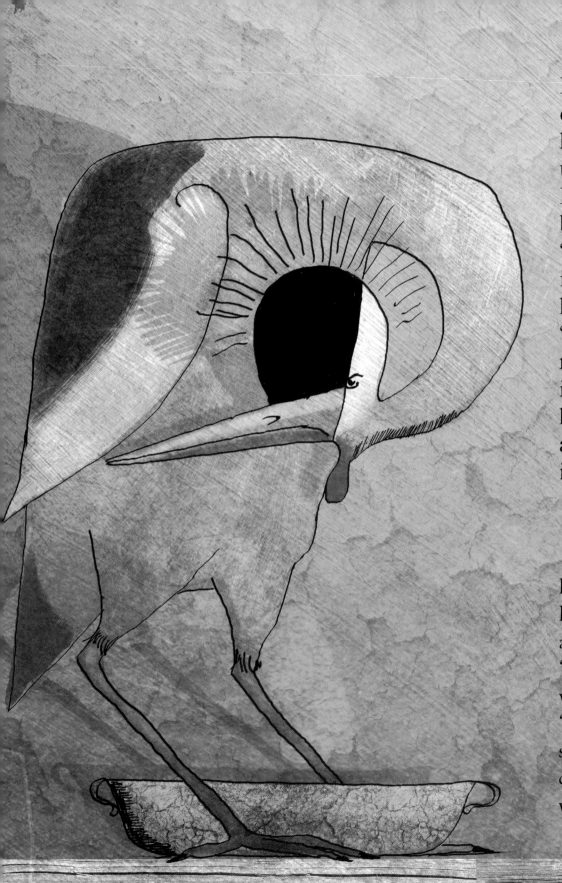

Dawacii ayaa daawaday Xidinxiitadii oo dhibaato ka haysato, markaasuu hoos u qoslay. Maraqiisii ayuu sare u qaaday oo dibnaha saaray, markaasu KABADAY, QUDHUC, DIG si wacan buu u dhamaystay.

"Ahhh, macaanaa!" buu hoos u yidhi, intuu qunyar bulkii dibkiisa shaarubaha ku masaxday.

"Oh Xidinxiito, maad dhadhamin maraqaagii," ayuu yidhi Dawacii intuu dhoolaha caddeeyay. "Waan ka xumahay in aanad jeclaanin," ayuu u raaciyay isagoo qosolka isku celinaaya.

Fox watched Crane struggling and sniggered. He lifted his own soup to his lips, and with a SIP, SLOP, SLURP he lapped it all up. "Ahhhh, delicious!" he scoffed, wiping his whiskers with the back of his paw. "Oh Crane, you haven't touched your soup," said Fox with a smirk. "I AM sorry you didn't like it," he added, trying not to snort with laughter.

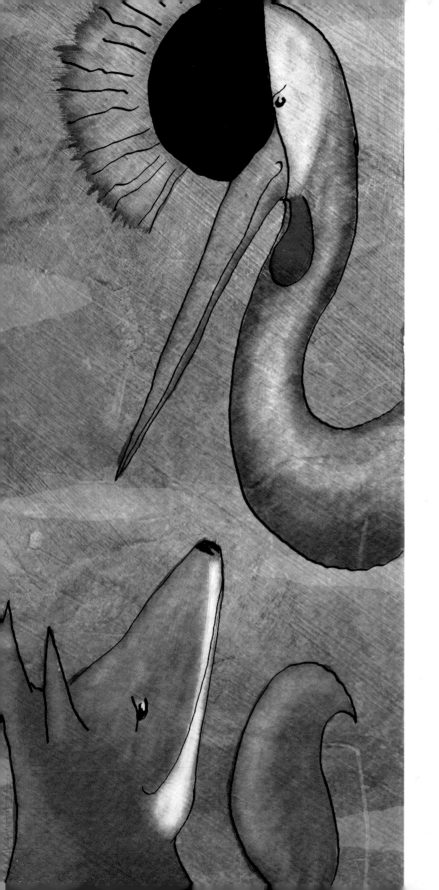

Xidinxiitadii baa iska aamustay. Cuntadii ayay eegtay. Sixnigii ayay eegtay. Dawacii ayay eegtay markaasaay qososhay.
"Gacaliye Dawac waad mahadsantahay sidaad iigu naxariisatay," ayay tidhi Xidinxiitadii iyadoo xishoonaysa. "Fadlan ii ogolow inaan kuu abaal gudo – gurigayga ayaan kugu casuumayaa."

Markii Dawacii gurigii soo gaadhay daaqadda ayaa furnayd. Caraf aad u macaan ayaa ka soo kaahaysay. Dawacii ayaa sanka la raacay. Markaasuu dhareeriyay. Calooshiina waa sanqadhay. Markaasuu dibnaha leefay.

Crane said nothing. She looked at the meal. She looked at the dish. She looked at Fox, and smiled.
"Dear Fox, thank you for your kindness," said Crane politely. "Please let me repay you – come to dinner at my house."

When Fox arrived the window was open. A delicious smell drifted out. Fox lifted his snout and sniffed. His mouth watered. His stomach rumbled. He licked his lips.

Fox licked and he lapped with his short little snout.
But no matter how hard he tried he could not
get even a mouthful of the meal.

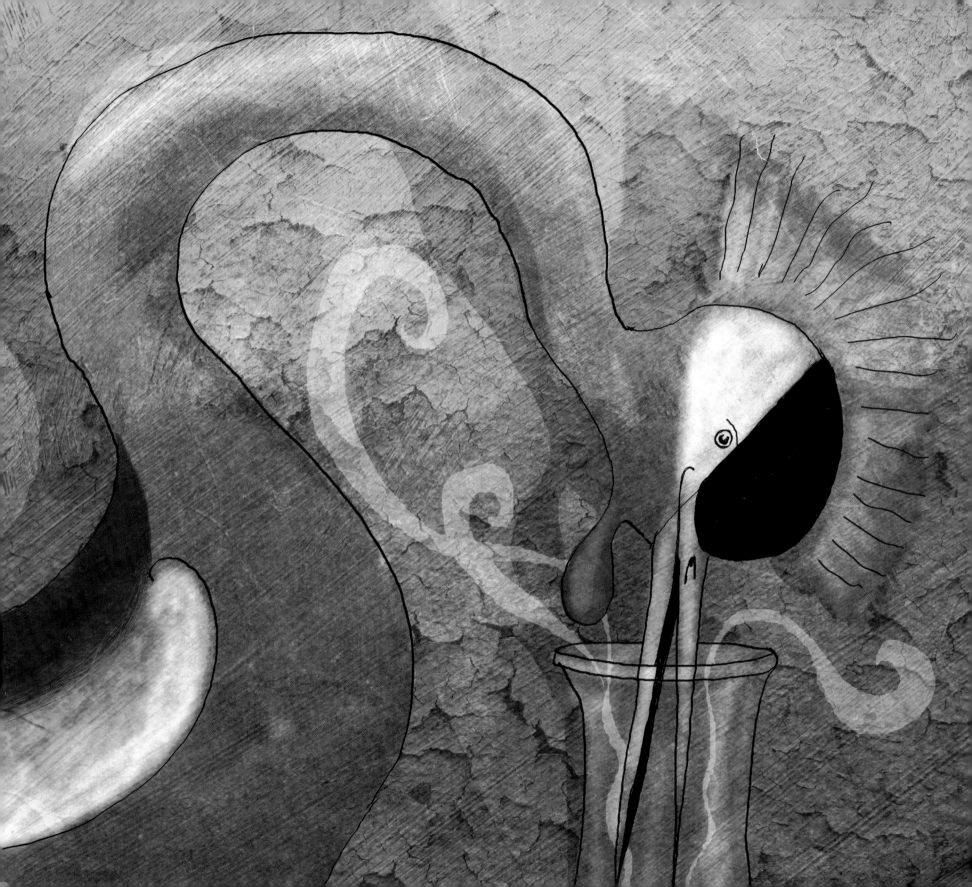

Xidinxiitadii ayaa cuntadeedii cuntay iyadoo dhadhansanaysa.
"Gacaliye Dawac waad ku mahadsantahay inaad ii timi," way
qososhay, "waxaan ku faraxsanahay in aan kuu abaal guday."

Dawacii ayaa calooshu qudhudhuclaysay.
Markaasuu gurigii qabtay isagoo weli gaajoonaaya.

Crane ate her meal very slowly, savouring every mouthful.
"Dear Fox, thank you so much for coming," she smiled,
"it has been a pleasure to repay your kindness."

Fox's tummy gurgled and grumbled.
And when he went home, he was still hungry.

The Fox and the Crane

Writing Activity:
Read the story. Explain that we can write our own fable by changing the characters.

Discuss the different animals you could use, bearing in mind what different kinds of dishes they would need! For example, instead of the fox and the crane you could have a tiny mouse and a tall giraffe.

Write an example together as a class, then give the children the opportunity to write their own. Children who need support could be provided with a writing frame.

Art Activity:
Dishes of every colour and kind! Create them from clay, salt dough, play dough… Make them, paint them, decorate them…

Maths Activity:
Provide a variety of vessels: bowls, jugs, vases, mugs… Children can use these to investigate capacity:

Compare the containers and order them from smallest to largest.

Estimate the capacity of each container.

Young children can use non-standard measures e.g. 'about 3 beakers full'.

Check estimates by filling the container with coloured liquid ('soup') or dry lentils.

Older children can use standard measures such as a litre jug, and measure using litres and millilitres. How near were the estimates?

Label each vessel with its capacity.

The King of the Forest

Writing Activity:
Children can write their own fables by changing the setting of this story. Think about what kinds of animals you would find in a different setting. For example how about 'The King of the Arctic' starring an arctic fox and a polar bear!

Storytelling Activity:
Draw a long path down a roll of paper showing the route Fox took through the forest. The children can add their own details, drawing in the various scenes and re-telling the story orally with model animals.

If you are feeling ambitious you could chalk the path onto the playground so that children can act out the story using appropriate noises and movements! (They could even make masks to wear, decorated with feathers, woollen fur, sequin scales etc.)

Music Activity:
Children choose a forest animal. Then select an instrument that will make a sound that matches the way their animal looks and moves. Encourage children to think about musical features such as volume, pitch and rhythm. For example a loud, low, plodding rhythm played on a drum could represent an elephant.

Children perform their animal sounds. Can the class guess the animal?

Children can play their pieces in groups, to create a forest soundscape.

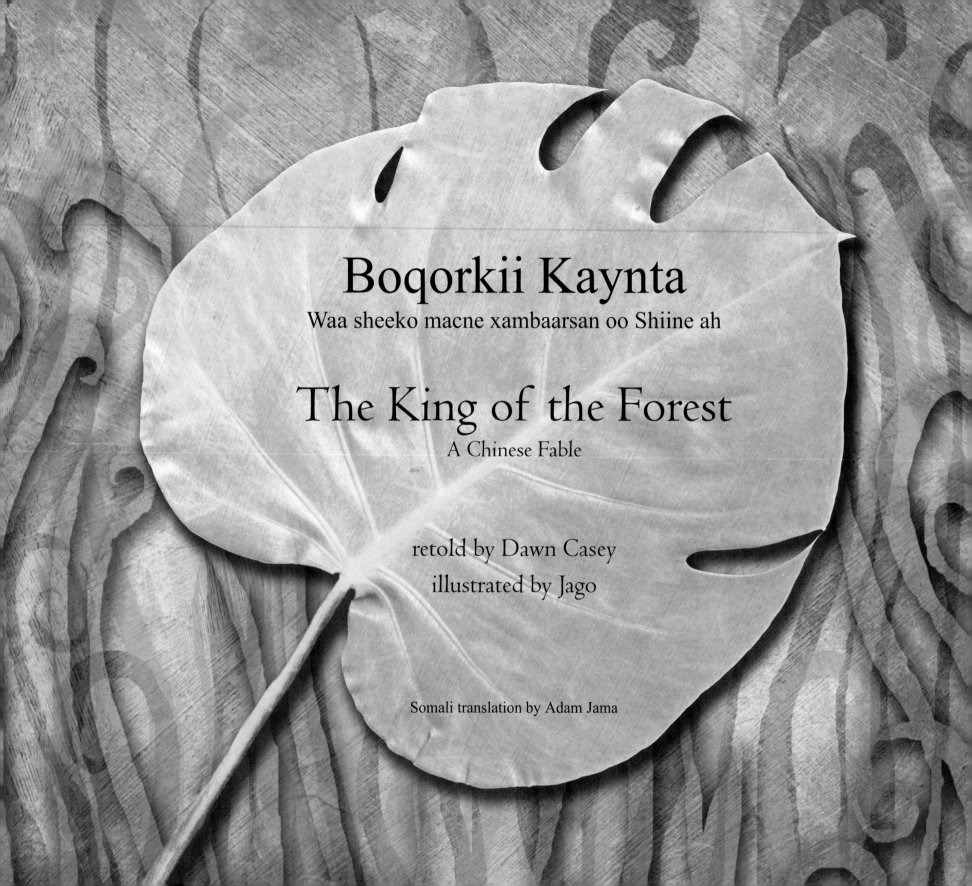

Boqorkii Kaynta

Waa sheeko macne xambaarsan oo Shiine ah

The King of the Forest

A Chinese Fable

retold by Dawn Casey

illustrated by Jago

Somali translation by Adam Jama

Dawacii ayaa isagoo kayntii dhex lugaynaaya maqlay wax cawska dhex maraaya.

SHAMAMAX   Waa wax wayn.
INDHA MIDHIQLE   Waa wax indho huruud ah leh.
WALALAC   Waa wax ilko mindiyo u eg leh.

Fox was walking in the forest when he heard something moving in the long grass.

RUSTLE   Something big.
BLINK   Something with yellow eyes.
FLASH   Something with teeth like knives.

"Subax wanaagsan dawac yare," Shabeelkii ayaa ilka caddeeyay, afkiisuna wuxuu ahaa ilka keliya. Dawacii ayaa wax liqay.

"Waan ku faraxsan inaan kula kalmo," Shabeelkii ayaa yar daacay. "Hadda ayaa gaajo isoo haysay."

Dawacii ayaa dhakhso u fekeray. "Sidaad ugu dhici kartaa!" ayuu yidhi. "Miyaanad ogayn in aan Boqorkii Kaynta ahay?"

"Adiga! Boqorkii Kaynta?" ayuu yidhi Shabeelkii intuu qosol ka tolay.

"Haddii aanad i rumaysanaynin," Dawacii ayaa si nool u jawaabay, "isoo daba soco bal waad arki doontaaye – cid waliba aniga ayay iga baqaysaa."

"Taa waan eegi doonaa," ayuu yidhi Shabeelkii.

Markaasaa Dawacii iska dhex xalliyay kayntii. Shabeelkii ayaa daba galay isagoo is qaadqaadaya, dibkiisana sare u taagaaya illaa ay...

"Good morning little fox," Tiger grinned, and his mouth was nothing but teeth.

Fox gulped.

"I am pleased to meet you," Tiger purred. "I was just beginning to feel hungry."

Fox thought fast. "How dare you!" he said. "Don't you know I'm the King of the Forest?"

"You! King of the Forest?" said Tiger, and he roared with laughter.

"If you don't believe me," replied Fox with dignity, "walk behind me and you'll see – everyone is scared of me."

"This I've got to see," said Tiger.

So Fox strolled through the forest. Tiger followed behind proudly, with his tail held high, until…

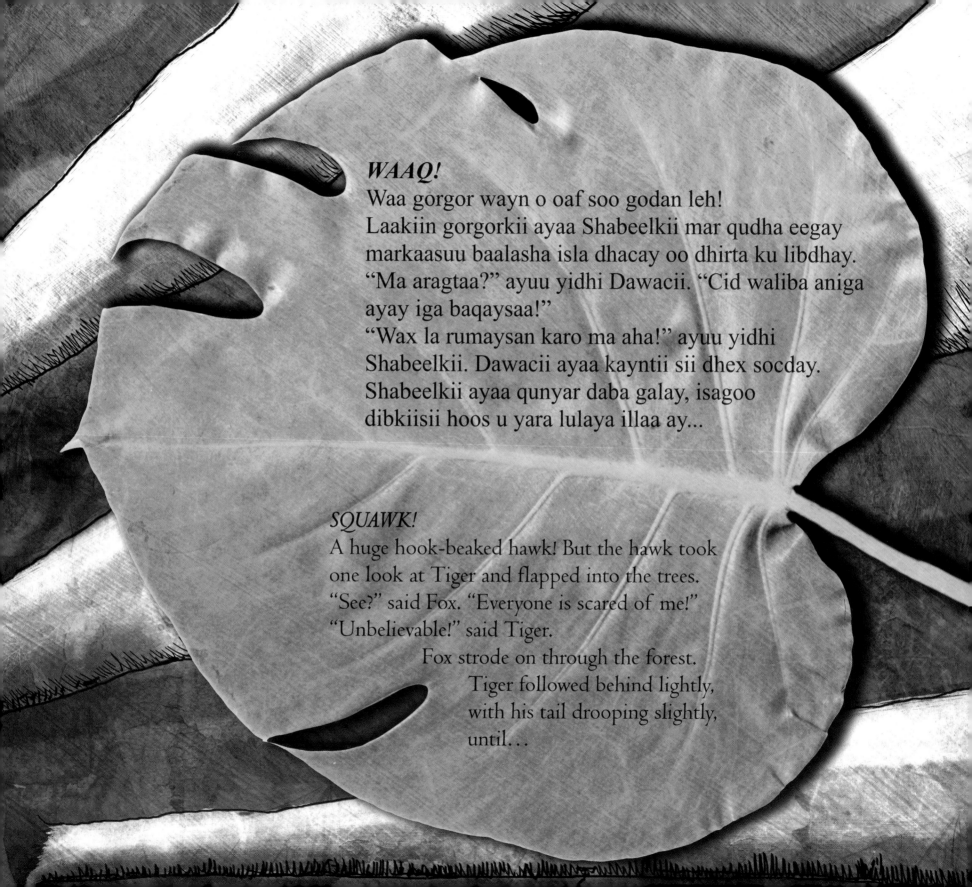

WAAQ!
Waa gorgor wayn o oaf soo godan leh!
Laakiin gorgorkii ayaa Shabeelkii mar qudha eegay
markaasuu baalasha isla dhacay oo dhirta ku libdhay.
"Ma aragtaa?" ayuu yidhi Dawacii. "Cid waliba aniga
ayay iga baqaysaa!"
"Wax la rumaysan karo ma aha!" ayuu yidhi
Shabeelkii. Dawacii ayaa kayntii sii dhex socday.
Shabeelkii ayaa qunyar daba galay, isagoo
dibkiisii hoos u yara lulaya illaa ay...

SQUAWK!
A huge hook-beaked hawk! But the hawk took
one look at Tiger and flapped into the trees.
"See?" said Fox. "Everyone is scared of me!"
"Unbelievable!" said Tiger.
Fox strode on through the forest.
Tiger followed behind lightly,
with his tail drooping slightly,
until…

COOC!

Madaxkuti wayn oo madaw! Laakiin Madaxkutidii ayaa mar qudha Shabeelkii eegtay markaasay dhirta ku dhexdhacday.
"Ma aragtaa?" ayuu yidhi Dawacii. "Cid waliba aniga ayay iga baqaysaa!"
"Wax dhici kara ma aha!" ayuu yidhi Shabeelkii.
Dawacii ayaa kayntii sii dhex socday. Shabeelkii ayaa daba jiitamay, isagoo dibkiisii dhulka jiidaaya illaa ay...

GROWL!

A big black bear! But the bear took one look at Tiger and crashed into the bushes.
"See?" said Fox. "Everyone is scared of me!"
"Incredible!" said Tiger.
Fox marched on through the forest. Tiger followed behind meekly, with his tail dragging on the forest floor, until…

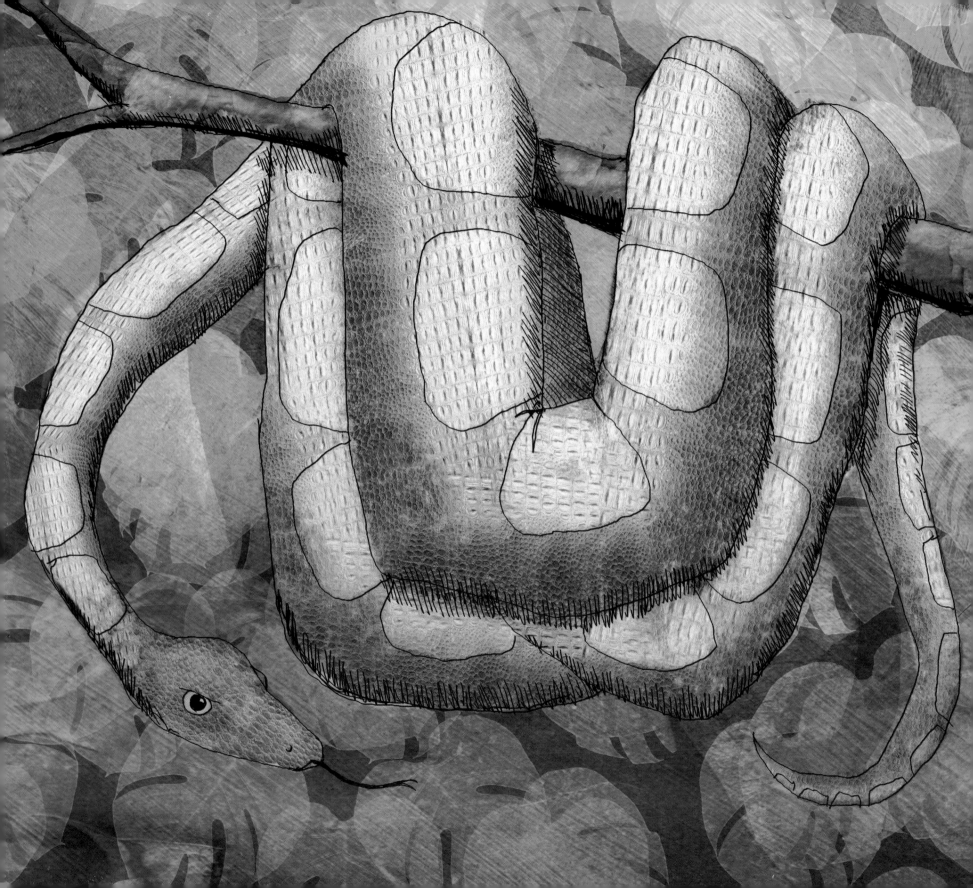

HSSSSSSSSS!

Mas siibsiibanaaya oo sidaa u dhalaalaya! Laakiin maskii ayaa
Shabeelkii mar qudha eegay markaasuu dhirta hoosteeda galay.
"MA ARAGTAA?" ayuu yidhi Dawacii. "CID WALIBA
ANIGA AYAY IGA BAQAYSAA!"

HISSSSSSS!

A slinky slidey snake! But the snake took one look
at Tiger and slithered into the undergrowth.
"SEE?" said Fox. "EVERYONE IS SCARED
OF ME!"

"Waan arkaa," ayuu yidhi Shabeelkii, "waxa aad tahay Boqorkii Kaynta aniguna waxaan ahay addoonkaagii."
"Wanaagsan," ayuu yidhi Dawacii. "Soco oo bax haddaba!"

Markaasaa Shabeelkii tegay isagoo dibkiisiina lugaha dhexdooda geliyay.

"I do see," said Tiger, "you are the King of the Forest and I am your humble servant."
"Good," said Fox. "Then, be gone!"

And Tiger went, with his tail between his legs.

"Boqorkii Kaynta," ayaa Dawacii naftiisa ku yidhi isagoo dhoollo caddaynaaya. Dhoolla caddayntiisii ayaa isu beddeshay ilka caddayn. Ilka caddayntiisiina waxay isu beddeshay qosol dhuxdhux ah. Markaasaa Dawacii sare u qoslay oo sidaa ahaa illaa uu gurigii kaa gaadhay.

"King of the Forest," said Fox to himself with a smile. His smile grew into a grin, and his grin grew into a giggle, and Fox laughed out loud all the way home.

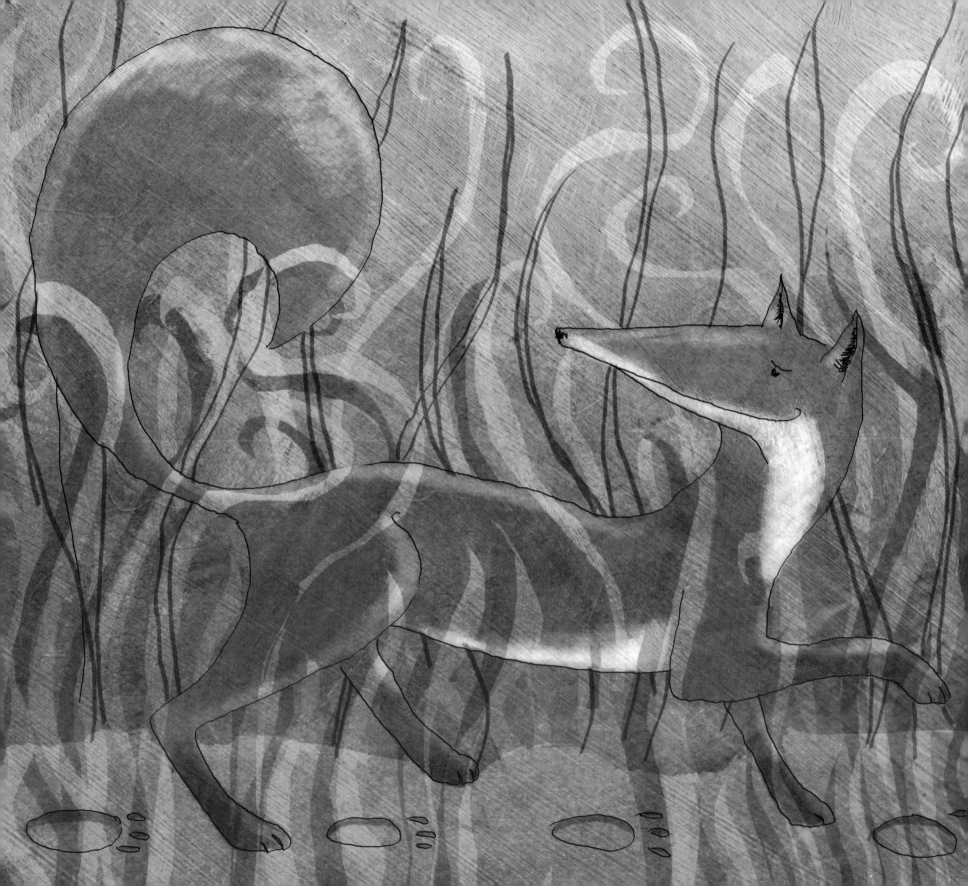

To my Nana, with love ~ DC

For my wife, Alex ~ J

First published in 2006 by Mantra Lingua Ltd
Global House, 303 Ballards Lane
London N12 8NP
www.mantralingua.com

Text copyright © 2006 Dawn Casey
Illustration copyright © 2006 Jago
Dual language copyright © Mantra Lingua Ltd
All rights reserved

A CIP record for this book is available from the British Library